"Passarinho que se debruça – o voo já está pronto!"
Guimarães Rosa

à Suzana e ao Pablinho, que um dia me contaram
que dentro da gente existe uma caveira.

ao Bartolomeu Campos de Queirós
– indez –, princípio de tudo.

à Mazza e ao Pablo, editores que fizeram destas asas voo.

ASA DA PALAVRA

2ª EDIÇÃO

Copyright © 2011 by Adriano Bitarães Netto
todos os direitos reservados

Capa, ilustrações e projeto gráfico
Maurizio Manzo

B624a   Bitarães Netto, Adriano.
      Asa da palavra / Adriano Bitarães Netto; ilustrações de Maurizio
Manzo.- 2. Ed.- Belo Horizonte: Mazza Edições, 2011.
32 p.: il.

ISBN: 978-85-7160-541-1

1. Literatura infantojuvenil brasileira. I. Manzo, Maurizio. II.Título.

CDD: B869.8
CDU: 821.134.3(81)-93

Mazza Edições Ltda.
Rua Bragança, 101 – Bairro Pompeia – Telefax: (31) 3481-0591
30280-410   Belo Horizonte – MG
edmazza@uai.com.br
www.mazzaedicoes.com.br

ASA DA PALAVRA

Adriano Bitarães Netto

ilustrado por
Maurizio Manzo

2ª Edição

Meu pai era pastor pregador de muita fé. Gritava alto, gesticulava demais. Fazia mão voar junto com as palavras lá dele. Palavras de meu pai pareciam bicho esquisito raro, que só se vê em revista, televisão ou livro de ventável invenção.

À noite, na igreja, pai suava pregações para os outros, e o mais das horas livres ocupava-se com a salvação de nossas almas caseiras. Júnior, o filho preferido, seguia o mesmo caminho. Papagaiava. Só tinha doze anos, mas falava palavras adultas e compridas, maiores que eu e Inha juntos. Dessas palavras que ao terminarem de se pronunciar a gente até já havia se esquecido de que um dia elas começaram a começar.
Pai palavrava palavrudo palavroso palavrando.
Parava não.
Palavra. Palavra. Palavra. Palavra. Palavra.
Falava em procissão.

Palavras dele usavam terno. Não se via a pele delas, só o azul escuro do brim e o brilho de som de gravata. Pareciam roupas sem corpo dentro, falas de fantasmas, ruínas de ruídos, sussurros de insetos – moscas fazendo percurso no ar sem ter onde pousar; besouros indo ao encontro de lâmpadas até se queimar na luz que haveria de salvá-los.

Discurso de pai era só para ouvir. Entendia nada não. Palavras dele misturavam-se, em dificultamentos, com as dos textos que às vezes ele lia. Era tudo igual, voava zumbido e eu de olho comprido olhava para os livros que ele verbalizava. Eram livros grandes, pesados, geralmente de capa preta e grossa. Pareciam caixões.

Era estranho escutar palavras que não andavam nas ruas e nem brotavam na boca das pessoas que não sabiam ler. Mais estranho ainda era eu sentir o cheiro de morte que vinha delas. Um cheiro que me invadia. Um cheiro que me cobria de ameaça e medo.

11

De tudo que pai pronunciou, só uma coisa viveu em mim:

Notável é o artifício com que a natureza formou os nossos ouvidos. Cada ouvido é um caracol, e de matéria que tem a sua dureza. E como as palavras entram passando pelo oco deste parafuso, não é muito que, quando saem pela boca, saiam torcidas.
Como os ouvidos são dois e a boca é só uma, sucede que, entrando pelos ouvidos duas verdades, sai pela boca uma mentira.*

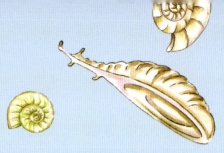

Achei que essa era a resposta para o meu problema. Era isso sim. Eu tinha ouvidos mais tortos que todo mundo. As palavras bonitas de pronunciar, que eu escutava Júnior e pai falarem, eram entortadas pelo parafuso que eu tinha dentro de minhas orelhas. Por isso, quando eu falava, as letras tropeçavam em minha língua e as palavras enrolavam-se umas nas outras, saindo de forma engraçada de minha boca. Devido a esse meu jeito meu, as pessoas riam do modo como eu desdizia o dito, do modo como eu criava a minha maneira particular de pronunciar o impronunciável.

Contudo, hoje sei que não é só comigo que isso aconteceu e ainda acontece. Com todo mundo é assim. Ninguém é capaz de usar uma palavra que não seja sua. Da mesma forma como ninguém é capaz de fazer um gesto que não seja corpo – o próprio corpo, com sua voz própria, se dizendo e se fazendo dizer em cada ato.

Mas pai não entendia como a palavra de cada um era um traço de identidade, nem como o silêncio de cada um era também uma forma pessoal de dizer a verdade.

Ele decidiu, então, me colocar na escola para ver se eu aprendia a falar correto direito normal, sem tropeço de letra, gagueira ou pronunciação de palavra sem eira nem beira. Fala minha não tinha beira beirada barranco limite, por isso não corria fluente como água em rio; era um alagado de sons alados que se misturavam como breu em brejo, brisa em bruma, céu em mar. Fala minha era natureza sem paisagem para observar.

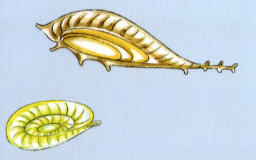

Sendo assim, solução para mim seria desentortar o ouvido ou desenrolar a fala. Como não tinha jeito de eu me descaramujar, porque pai havia falado da dureza do caracol que a gente tem dentro dos ouvidos, eu devia mesmo era tentar afiar a minha fala. Para isso, teria que aprender uma outra forma de me narrar, teria que assumir um vocabulário que o meu alfabeto não sabia fabricar. Mas eu sabia que isso seria reproduzir a caligrafia de uma grafia que para sempre me calaria. E me calaria até eu me esvaziar de mim, eu me silenciar em mim...

Entretanto, justamente na escola, quando comecei a ler e a escrever, percebi que as palavras também tinham um caracol dentro delas. Também tinham um mistério que ia muito além da explicação da professora e de minhas próprias interpretações. Depois de certo tempo, desisti de querer aprisionar e domesticar as letras dentro das regras e das lógicas ilógicas que me ensinavam. Comecei a ficar só apreciando os contornos e os descontornos que elas faziam e desfaziam no caderno e no eterno voar. Cheias de sons e de sentidos para eu brincar e poetizar. Foi aí que, naquela época, cheguei à seguinte conclusão: "Letra pra mim é igual pena de passarim, só muda a cor, mas serve mesmo é pra avoá".

E eu confundia tudo: *sabiá, ssabiá, çabiá* — sabia não. E nem entendia o porquê de ser tudo tão certinho assim. Como, então, eu iria botar as palavras do meu pai no papel ou mesmo iria conseguir que elas voassem para dentro de mim?

O jeito era elaborar um plano. Aí pensei na história que dizia que se a gente engolisse semente de laranja amanheceria depois com um pé plantado na barriga. Sempre tive medo de um dia dormir e acordar arvorecido. Porque ainda que eu vigiasse, não tinha jeito, semente escorregava garganta abaixo.

Sendo assim, dentro de mim já devia existir um pomar... cheio de árvores para me ventar...

(...se bem que, um dia, Inha me disse que dentro de todo mundo existe é uma caveira. Mas se todo mundo tem uma caveira dentro de si, quer dizer então que a gente já nasce morto?
Tem muita coisa que eu não entendo e meu pensamento acaba fugindo de mim...)

Pois é, a minha ideia foi a seguinte: se engolir semente faz nascer e crescer árvore, se eu engolisse palavras aprenderia a falar e a escrever direito. Foi o que fiz. Peguei uma Bíblia, recortei uns versículos e devorei tudo, desde as vírgulas até os pontinhos dos is. Assim, ia comer não só as letras, mas também a fé que eu tinha que aprender. Mas não funcionou não. Porque eu me esqueci e mastiguei os versículos. Tinha que ter feito como se faz com hóstia: deixar inteirinha na boca até ela virar nuvem e depois evaporar, sendo só céu para a gente se abrigar. Entretanto, eu ruminei, ruminei, ruminei... Ruminei e estraguei tudo. Mas também havia outro problema. Mesmo se eu não tivesse mastigado, acho que as frases iriam se confundir, pois minha baba borrava os limites das letras, deixando todas elas manchadas de mim. Além disso, quando as letras descessem pela minha barriga, elas iriam acabar se desligando umas das outras, já que os trechos da Bíblia estavam escritos em letra de forma. Foi aí que eu descobri como as palavras em letra de forma são muito ilhadas, sozinhas e tristes. São palavras que se pronunciam na dor da própria solidão. Deve ser por isso que a professora ensina a gente a escrever com as letras dando as mãos umas para as outras.

Depois de dois anos na escola e de fracassadas tentativas de aprender a controlar as palavras, fui crescendo e sendo desgosto aumentativo para meu pai. Ele ralhava com meus oitos anos de ignorância. Dizia que eu não fazia esforço no aprendizado, que eu era vendido perdido por levianas lerdas brincadeiras bobas de moleque. Ameaças choviam acompanhadas de trovoadas sentenças.

Mãe, nessas horas, só varria o chão com os olhos úmidos. Mandava em nada não. Dividia comigo o silêncio e a submissão. Será que ela era muda de gestos e em gostos? Será que ela também não sabia usar as palavras? Só o arroz com feijão é que pronunciava no nosso alimento diário. Apenas em íntima intimidade é que ela me ofertava o doce deixado no fundo das palavras. No mais, no comum do cotidiano, à vista de todos, mãe era mais silêncio que presença. Era corpo em anonimato, gesto sem nenhum ato.

Um dia, pai, nervoso em nós, me comparou a Veridiana – nossa vizinha cega, que lia tudo certinho, no pouso do ponto. E me humilhava dizendo que até uma aleijada era melhor que eu. Fiquei triste. Triste de uma tristeza que não cabia em mim. Uma tristeza que entristecia tudo e se estendia pelas extensões de meu todo. Fui dormir sentindo o peso do que ele falou.
Então, um tanto quanto engasgado, perguntei para mãe:
– Mãe, cê acha Veridiana mais inteligente que eu?
– É não, meu filho. Cada um e todo mundo tem seu aleijão! – sussurrou mãe essa resposta e em seguida me aconselhou:
– Dorme, meu querido. Dorme que o sono cura a gente de existir.

Quando dormi, sonhei com Veridiana me ensinando a ler. Ela pegou em minha mão e me mostrou um de seus livros. Era todo cheio de furinhos. Então falou:

— É preciso ler com os olhos que estão na ponta dos dedos. Para entendermos um livro, temos que passar a mão na pele do papel, sentir os contornos das letras e, depois, imaginar o que está além... Toda palavra espera, dentro dos livros, para ser tocada. Ao tocarmos uma palavra com os olhos do sentimento, ela também nos toca. É por isso que sei ler. Porque não tenho deficiência em sentir. Ler olhando o texto sem sentimento é ser cego por dentro.

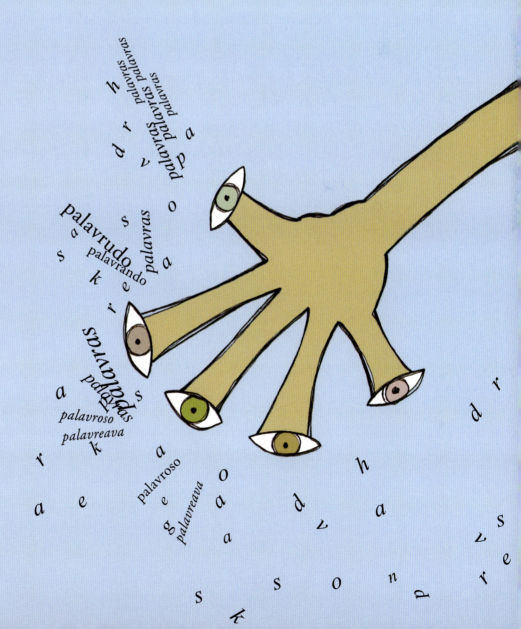

"Sonho é solução pra dia acordado, é conserto de mundo que anda errado" – pensei, ao acordar com pai pregando.

Então, me levantei e fui ver o que Inha estava fazendo. Brincava de redesenhar o mundo, colorindo-o a seu modo. E com que liberdade ela escolhia as formas e as cores para traçar a realidade mais própria que eu já havia visto. Quieto, eu ficava ao seu lado, e de quando em quando lhe perguntava: "O que é isto? E isto?" Inha me explicava uma ou outra coisa: "Aqui é uma árvore de passarinhos, não tá vendo não? E este aqui, ó, é um avião sem nuvens." Diante de outras imagens, apenas dizia: "Já isto eu não sei o que é. Então, pode ser o que você quiser." Eu, encantado com a minha irmãzinha de cinco anos, ia escutando cada um de seus ensinamentos. E ao ouvi-la nascia em mim a minha maior certeza: a de que ela também não seria "cega" por dentro. Certamente, quando Inha começasse a ler e a escrever, as suas palavras também voariam, também teriam asas próprias, também recriariam a criação.

E lá em casa, enquanto os anos passavam, nada mudava além da consciência que eu tinha de minha mudança. Pai continuava pregando palavras para clarear o dia e as nossas almas.

Com rezas e xingos eu passava as horas, os dias e os domingos. Pai palestrava para a vida sem perceber que era incomunicável para mim. Não enxergava que eu não seria como ele e Júnior. Não percebia que eu estava do outro lado da rua, com Inha e mãe, em diferente passeio – longe do convívio em penitência com as palavras e da fé cega que ele chamava de luz.

Minha religião não exigia sacrifícios, minha linguagem não precisava de salvação.

Com o tempo, passei a entender cada vez mais que era bom ser diferente. Eu, assim como as minhas palavras, não tinha que ficar preso em um só lugar, poderia correr, escorregar, tropeçar e voar sem vergonha de errar. Passei também a perceber como o caracol que havia dentro de todo ser humano poderia ser visto não como um pecado, um erro ou uma prisão, mas uma semente florescendo a cada estação. Uma semente de mar capaz de nos fazer ampliar a linha do horizonte e de nos levar a reconhecer como cada onda nasce e morre tendo o seu modo de viver. E ondas são asas. Asas de ar e água. Asas de espaço e tempo. Asas de esperança e desencantamento. Asas de palavra e silêncio. Asas ditas para nos ensinar que, até mesmo a um mar, é permitido voar e naufragar, naufragar e voar.

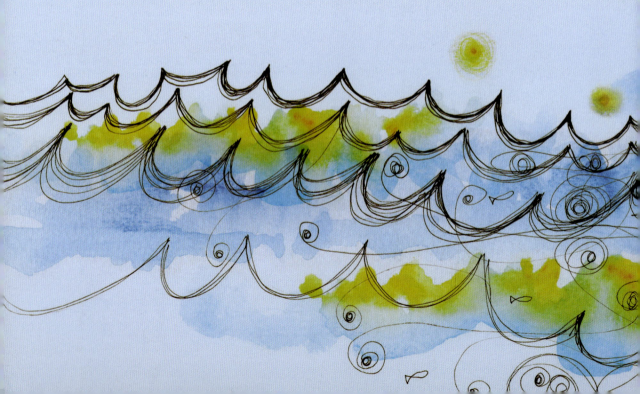

Adriano Bitarães é licenciado em Letras pela UFMG, instituição na qual também defendeu seu mestrado. É autor do livro de ensaios *Antropofagia oswaldiana: um receituário estético e científico*, editado em 2004 pela Annablume. Publicou, em 2005, a obra infantojuvenil *Asa da palavra*, pela Mazza edições. Foi vencedor do Concurso Literário da Cidade de Manaus, na categoria infantojuvenil, em 2006, com o livro *Par ou ímpar? Escrita ou tinta?*. Em 2008, lançou o livro de poesia *Fluido Flerte*, pela Arte PauBrasil. No ano de 2009, ganhou o Prêmio Literatura Para Todos, organizado pelo MEC, com a obra *Poesia da Indagação* e publicou, pela Editora Paulinas, o livro infantil *As peripécias do Menino Experimental*. Em 2010, ganhou uma bolsa da Biblioteca Nacional para concluir o livro de poesia *Sol a céu aberto*, além de ter lançado, pela editora Saraiva, a obra juvenil *Um certo livro de areia*. Em 2011, publicou *A Era dos Erês: uma era ao culto da natureza e dos orixás*, pela Mazza edições.

Contatos com o autor: adryneto@terra.com.br

Maurizio nasceu em Vigevano, Itália. Ainda criança, mudou-se com a família para Santiago, Chile, onde passou toda a infância. De lá, veio para o Brasil, e como disse seu pai: "Mudamos apenas de Santo, quando viemos morar em São Paulo". Em 1982, o artista começa a apresentar seus trabalhos em Salões de Arte e a participar de exposições de desenhos e pinturas. Desde então, esteve sempre envolvido com projetos relacionados às artes visuais. Formou-se em Design Gráfico pela Universidade do Estado de Minas Gerais (UEMG), em Belo Horizonte, Atualmente, trabalha como designer gráfico em diversos segmentos, especialmente, em design editorial e ilustração de livros para crianças. Como ilustrador, recebeu dois prêmios Altamente Recomendável pela FNLIJ e selecionado na Feira Internacional do Livro Infantil de Bologna, Itália. Como designer gráfico, participou de várias exposições e de Bienais de Design Gráfico do Brasil.

Contatos com o ilustrador: mauriziomanzo@uol.com.br

* O trecho citado na página 12 é de autoria do Padre Antônio Vieira – importante sermonista do século XVII.

* Alguns desenhos da página 27 são de autoria de Rosângela Souza Marques, uma amiga mais que especial do autor.